蒂蒂今天不下蛋

洪佳如◎文　徐建國◎圖

推薦序／黃宗潔（東華大學華文文學系副教授）

縫補生命的裂縫

我們都是閱讀動物故事長大的。從《三隻小豬》到《七隻烏鴉》、《大野狼》到《虎姑婆》，動物在童話、民間故事從不曾缺席過，但這些故事其實很少帶給我們人與動物關係的思考，相反地，動物在述說中形變為可怖或可愛的角色，是製造恐懼或歡樂的元素，成長之後，牠們被留在童年的夢幻島上，失了魔法的動物成為與人無關的存在，牠們被視為一種嗜好，是只有少數喜歡動物的「愛心人士」或「保育人士」才需要關心的對象。

然而事情不應該是這樣的。我們的周遭其實無處不是動物的身影，我們豢養動物、用動物園的形式把野生動物帶到城市之中、進行各種動物實驗來測試藥妝或食品的安全性、當然，我們也吃食動物。我們與動物如此緊密相繫，卻又如此理所當然地對牠們視而不見，將牠們切割與排除在日常生活之外。於是，愈來愈多動物不只消失在我們的思維之外，也在這個世界上消失無蹤。

由於將動物切割與排除的長期斷裂，過去在觀看這類作品時，我不免常感遺憾。某些作者或許有意帶出友善動物的訊息，卻往往流於片面，只是接收與傳遞口號式的「愛護動物」訊息，但其中許多觀念和行為卻不盡然恰當。記得之前曾經看過一本翻譯的童書，一方面呼籲讀者不要騎乘大象，但同一篇故事中卻仍然出現了與鱷魚同游，以及摸初生小獅子的情節；也曾在主題與動物無關的圖文書中，看見作者推薦不符合環境倫理的餐廳。每當看到這類的例子，我都期待著父母與師長可以引導孩子去想一想其中的矛盾之處，或者我們怎麼做會更好？而不是將故事內容照單全收。

但我們更需要的，是以不同的眼光和角度，重新思考人與動物如何共同生活，又可以用什麼樣不同的方式去看待人與動物的互動？這本《蒂蒂今天不下蛋》，就是佳如以溫柔之眼，帶領大小朋友一起關注身邊動物議題的成果。她不以說教的口吻談論大道理，而是在人與動物之間，悄悄地將那斷裂之處細細縫補，把動物帶回我們的生活日常之中。當我們跟著她一起好奇老海龜爺爺安靜的祕密，想知道寄居蟹的心事和願望，不解母雞蒂蒂為何不下蛋？以及如果貓咪有九個名字，一串編號又為何會取代了本來的名字？動物生存的處境與困境，也就在說故事與聽故事的過程中逐漸浮現。

我偶爾會想起，佳如當初來找我簽指導的那個下午，我們在校內的咖啡廳談論她未來的創作計畫，那仍是非常雛型而只有籠統概念的階段，但我清楚記得那時的佳如，已展現她對於創作的嚴謹與願景，她告訴我會趁著假期，去進行相關訪談與田野調查，其後，她更是透過日常行旅與專業研討的機會，不斷累積自己在這個領域的知識和思考。當時的我表面冷靜，但其實內心非常欣喜於有學生願意投身動物倫理這個孤單而小眾的路途，而這幾年來，佳如在實務上與創作上所累積的成果，也證明了她確實為臺灣兒童文學與動物教育的結合帶來值得期待的新方向。我非常感謝與感動於這條路上能有像佳如這樣，始終默默耕耘累積自己，並從不吝於帶給別人愛與溫暖的人。如今欣見她的作品集出版，祝福這本書，也為動物們謝謝這樣的心意與付出。

推薦序／黃宗慧（臺灣大學外國語文學系教授）

動物王國的守護者

《蒂蒂今天不下蛋》這本故事集裡的動物，不是戴著可愛夢幻動物面具的迪士尼王國成員，也不是一般動物寓言裡為人代言警世訊息的道具，牠們要代言的，就是在人類世界真實生活著的動物自身；就像同名故事〈蒂蒂今天不下蛋〉裡的蒂蒂揭露了蛋雞受苦的一生那般，書中每一則故事都透過不同動物之口，流露出佳如對動物處境的充分理解與真摯關懷，也都讀得出她如何用心斟酌讓這些故事引起情感共鳴，以刺激更深刻的思考。

以〈一隻貓有九個名〉來說，寫的是一家六口的街貓，因人類的圍捕面臨生離死別的故事，佳如並不直接控訴這個容不下流浪生命的社會，她細細刻劃貓媽媽曾經如何教導孩子名字的意義，得到一個名字，意味著你是被記得的，你的誕生是被感謝與被期待的，再慢慢道出小貓被抓進收容所之後，只得到一個鐵籠上的編號時，令人鼻酸的提問：「媽媽，妳說過，一隻貓有九個名字，號碼也算是一個名字嗎？那會是我最後的名字嗎？」從洋溢親情溫暖到抖落冰冷哀愁，佳如透過文字的氛圍，帶領讀者一起經歷了充斥在動物生命中的飄搖不安。又如〈非洲大蝸牛的心事〉，佳如以有些推理況味的方式起頭，透過小鎮的「信件消失之謎」，替被視為「可惡的外來種」、動輒被踩爛的非洲大蝸牛，提供了一個要人們「將心比心」的機會：「人們討厭我們，是因為不喜歡我們吃花、吃草、孩子生太多，造成農民伯伯的困擾，可是肚子好餓，沒辦法啊！怎麼有人能不吃飯、不生孩子呢？我們也不知道該怎麼辦才好呀」；作為強勢物種，外來種一旦對環境造成破壞，「被移除」就成了牠們的宿命，但外來種的問題原本都是人類造成的，在移除這些生命之時，人類是否也應反省自己的作為對生態的種種影響，而不是只顧著把外來種當成罪有應得一般，「移除」得理所當然？誠然，不管是人與流浪動物該如何共處或外來種的危害該如何解決，都是難解的問題，但佳如依然試著在書寫中探問：面對這些難題有沒有更好的解方？也帶給讀者正視與反思問題的契機。

佳如的故事並不只做到「動之以情」，她還掌握了「說之以理」的重要。生物學者威爾森（E.O. Wilson）曾提出人類「與生俱來就傾向於關注生命」的主張，但在這個每年幾乎有兩萬種生物因人類的作為而滅絕的年代，不少人質疑如果人類真的關注生命，何以現在有那麼多動物都面臨了生存浩劫？關於這個問題，答案之一會不會是，我們其實不懂得如何正確地去親近自然、去愛動物？從這個面向來看，《蒂蒂今天不下蛋》裡處處可挖掘到的知識寶藏更為難能可貴，透過知識的傳遞，佳如告訴了讀者，什麼樣的愛才足以守護動物。例如〈海豚學校〉透過被迫進行表演秀的小海豚，說明了從捕捉、圈養到訓練的過程中，這個物種的族群與個體受到怎樣巨大的傷害。聆聽了故事中小海豚的內心悲歌之後，或許有更多人會發現：觀看動物表演從來都不是愛動物、親近動物的正確方式。

有時佳如筆下令人有些唏噓的故事，讓她呈現的動物王國不是那麼快樂，甚至有些時候，你感覺這王國是脆弱的，是人類快要無能去守護的，但其實唯有直面這動物王國的脆弱，才有拯救的機會。而佳如也不吝於帶給讀者這樣的希望，於是在〈黃金鼠〉裡，我們看到再小的力量都足以改變些什麼：小康看到文具店販賣的黃金鼠被養在狹小的空間裡，因為不忍，他不但對老闆「曉以大義」，還擔任起動物親善大使幫忙送養黃金鼠，協助文具店「轉型」；在〈月光迴力鏢〉裡，我們則看到生命教育對啟迪孩子的重要性：老師成功引導了嫌夜鷹太吵的孩子們去了解其他物種的需求與生命軌跡，而「夜鷹的叫聲可以趕跑惡夢」乍聽雖像是哄騙學生的說法，但如果能容其他生命共存於這個本就也屬於牠們的世界，誰說不會開展出更多美夢的可能？

因為綻放著希望，佳如的《蒂蒂今天不下蛋》想打造的終究是一個美麗的動物王國，我深信她的書寫，也必能召喚更多小小的守護者，一同溫柔地守護這個王國的存續。

自序

愛，是需要學習的一件事情

《蒂蒂今天不下蛋》是我第一本的童話作品集，紀錄了心中放不下的動物朋友們，為牠們寫下一個個的故事。這些故事的開始，來自在花蓮讀書時，出自想為大自然盡一份力量的心意，我買了烤肉夾和大型垃圾袋，開始了一天撿拾一包垃圾的行動，那段時間與大自然的密切關係，以及對動物保護的熱忱，讓我有了許多創作故事靈感。

在撿垃圾的途中，曾經發生一件讓我印象特別深刻的事情。在每天經過的小路上，有一群流浪狗家族，牠們平時總是離馬路和人群遠遠的，這天，家族明顯少了許多隻小狗的蹤影，而路邊有著摻有綠色毒藥的廚餘，這群狗家族很有可能被人類下毒了。

那天，狗老大阿土，從遠遠的地方凝視著我，神情失望且失落。那一刻，我也對自己感到失望，如果在路上撿垃圾時，我能早一點分辨出來那是毒餌，就能早一步為牠們撿起來、丟掉，說不定就能救狗兒們一命。又或是說，如果人類不要那麼容易看其他動物不順眼，不喜歡牠們就要趕盡殺絕，就不會造成許多動物只是想要活下去，卻遭遇不幸的命運。

因此，在每一篇童話故事裡，都埋藏了我對世界的一些期許，希望能夠提醒自己與孩子們，愛，是一件需要不斷學習的事情，尤其是愛動物。愛牠們，需要學習相關的生物知識，用同理心對待動物遭遇的事情，這樣的愛，才不會一邊想要為牠們好，卻又一邊將牠們推到更危險的處境。

譬如在〈蒂蒂今天不下蛋〉的故事裡，母雞蒂蒂是隻從小被關在籠子裡的母雞，當牠意外得到自由時，牠第一個反應是慌張的不得了！因為牠從來沒有在野外生活過，牠得學如何當一隻「雞」才行。〈海豚學校〉中，小海豚莎莎也是一樣，被人類抓起來的牠，錯過了大海裡最精采的一堂課，和同伴們一起玩耍、衝浪，只能學人類無聊的指令。

相信許多孩子都跟我一樣喜愛動物、親近大自然。希望我們都別忘了，動物和人類一樣，都有自由過著牠們想要的生活，做一個真正快樂的自己。希望這本童話集，能夠帶著正在閱讀的你一起飛翔，飛到動物王國裡，溫柔擁抱一隻隻受過傷的動物朋友。

目錄

大地

大街

大海

真理的大海，
讓未發現的一切事物躺臥在我的眼前，
任我去探尋。

——牛頓

老海龜的夢

一隻長壽的老海龜，究竟能活到幾歲呢？要等到所有家人們，都忘了在老海龜生日這一天，記得貼心打通電話祝老人家生日快樂。過了這個安靜、無人打擾的一天。老老的老海龜就知道，自己的人生已經游到了盡頭，該準備舒舒服服在沙灘上睡一場長長的覺，讓「夢」去決定，下輩子醒來，成為什麼樣新的自己。死亡，對每隻老海龜都不是一件陌生的事，他們已經活得夠老，知道自己終將一死，但是，誰也不能預測自己的夢。也許老海龜會夢見自己是天上飛的海鷗，或是海裡游的座頭鯨，誰知道呢？但身為一隻海龜，就是無法想像自己離開海的樣子。老海龜想著想著，在海風的吹拂下，沉沉的睡著了。

一年過去，族裡一隻小海龜翻月曆時，猛然想起，啊！去年的今天，竟然忘記慶祝老海龜的生日了！趕緊打去他老人家家裡慰問，卻傳來「嘟——嘟——」無人接聽的電話聲，小海龜搖搖頭遺憾的告訴大家：「老先生已經變成一片海了」。

眾人聽到這句話，便會安靜靠在彼此身上，任由背上的殼傳來輕輕撞擊的聲音。

細細數著老海龜生前所做的一切後，大夥兒決定前往老海龜家，請鵜鶘先生幫忙搖一搖老海龜留下的身軀，看看裡頭會掉下什麼樣的東西。

「媽媽，為什麼要搖老爺爺的殼呢？」一隻小海龜待在媽媽身邊，抬起頭困惑的問。

「因為在古老的傳說裡，老海龜身體裡掉下的東西，屬於大海裡的一部分，將成為我們海龜一族的啟示，給予我們新的游行方向，保佑我們平安呀！」海龜媽媽溫柔回答孩子的問題，不過，她卻無法跟孩子解釋，這些年的啟示代表什麼意思。

啟示多到令大家眼花撩亂，有寶特瓶蓋子、吸管、塑膠袋、CD盒、漁網、叉子、原子筆。過去可都是珍珠、貝殼。

這一次鵜鶘先生費了九牛二虎之力，才努力從龜殼裡搖出一隻拖鞋，忍不住搖搖頭說：「一隻拖鞋能給什麼方向？」

在結束既是老海龜生日，也是喪禮的日子，三隻小海龜們決定結伴，到老海龜所居住的洞穴探險。

「你們說……老海龜的啟示到底說了什麼呀？」

「哼！我哪知道啊，我覺得他們應該趁活著的時候，多和我們說說話、聊聊天，不然留再多啟示，我們卻不知道意義，那有什麼用？」

「啟示當然有意義呀，這可是我們海龜家族的傳統耶！」

這一天，安靜的海龜一族，難得為了啟示的意義大吵一架，誰也不讓誰。

直到他們聽見深深洞穴裡頭，傳來滴滴答答的水滴聲響。循著水滴聲前進，小海龜們怎麼想也想不到，洞穴通往了大海，盡頭迎接他們的居然是一大群水母！

看在這群小海龜眼裡，眼前簡直是一頓不可思議的超級美味大餐，他們已經好久、好久，沒有好好吃上一頓水母美食喔！

「哼！為什麼老海龜明明知道有這個好地方，卻不肯告訴我們！」剛發完脾氣的小海龜們更加生氣了，認為老海龜就是愛藏私、不肯大方分享，大家開開心心吃大餐不是很好嗎？

「唉唷，別管了，先吃再說吧！水母最好吃了！」另一隻小海龜興匆匆咬下一大口，卻發現……咦？這隻水母還真奇怪，怎麼嚼也嚼不爛？

「呸呸！好難吃啊！」仔細一看，眼前哪裡是好吃的水母，大海裡漂浮的滿滿都是人類亂丟的塑膠袋啦！

「我終於知道，海龜爺爺保持安靜的祕密了，原來，他不是不想開口說話，而是肚子痛到說不出話來啊……」三隻小海龜痛苦的嘔吐，用盡所有力氣，游到沙灘上一起捧著肚子朝著天空大喊：

「鵜鶘先生，請你幫我們把肚子裡的『假』水母通通叼出來吧！我們再也不敢不聽老海龜的話了！」

在鵜鶘先生細心幫忙之下，三隻小海龜總算慢慢恢復活力，這一次的冒險驚魂記，帶給他們大大的震撼，一想到海龜爺爺肚子裡脹滿了塑膠垃圾，可能痛到連話都說不出話來，小海龜們就愧疚的不得了。

「孩子們看仔細了，眼前這些假裝成水母的塑膠袋，就是老海龜留給我們的『啟示』，教會我們海龜一族，這些東西無論裝成多美味的樣子，絕對不！可！以！吃！吃了不僅不會填飽肚子，還會鬧肚子痛喔！」海龜寶寶各個伸長脖子，仔細聽海龜哥哥們說的話。

經歷這場大冒險後，三隻海龜決定讓整件事情，成為海龜一族的新啟示，不要再讓同樣的悲劇再次發生。

貼心的他們，每個月還開心為海龜老爺爺、老奶奶們舉辦歡樂生日會，希望能讓小海龜們知道，老一輩的智慧能夠永遠流傳下來是多麼重要的事情，因為海洋是那麼的寬廣，永遠需要複習古老的傳統，學習新的方向。

在生日派對上，誰也沒注意到一陣微風輕輕吹來，搖晃了沙灘上高高的椰子樹，小海龜們不會知道，當年的老海龜，夢見自己變成了一棵椰子樹。現在的他，正隨風輕輕搖擺，溫柔凝視傍著海洋的大家，和上輩子的他一樣，祝福孩子平安長大。

海豚學校

每當小海豚莎莎想起那天發生的事情，她就嚇得渾身發抖，那是比跟著媽媽潛到深海裡找魚吃，擔心來不及浮上海面換氣，還要更深的恐懼。那天晚上，好幾艘船隻將她和她們團團包圍，人類站在船上，手裡拿著奇怪的東西，拚命敲打欄杆，大聲的噪音震得大家驚慌失措，失去原有的方向感到處亂竄，紛紛落進人類設下的陷阱。

不知道是幸運還是不幸，被人類抓到的莎莎，發現自己身上居然連一點點傷也沒有，這也是她允許被活下來最大的原因，商人們最喜歡像她這樣漂亮、健康，渾身上下沒有傷口的海豚了！他們可不要海豚身上有一道道可怕的傷疤，來提醒每一位買票，快樂觀賞海豚秀表演的小朋友們，海豚曾經歷那麼可怕的過程。

「你能救我出去嗎？」在這裡，莎莎好不容易在這裡看到同類，她怯生生的問。

「孩子，在這裡，沒有誰能救的了誰。」老海豚淡淡的回答。

「可是，他們說明天就要上學了，我很擔心自己跟不上進度……」聽到莎莎說出上學兩個字，老海豚難得的笑了。

「孩子，這裡不是我們的學校，要記得，大海才是我們學校、我們的老師。」

小海豚專心聆聽老海豚說的話，她待在海裡的時間不夠久，學得不夠多，過去她最想做的事就是快快長大，成為和媽媽一樣美麗、成熟的海豚，游到更遠的海域，結交一輩子的好朋友，這就是她所有的願望。

「那請問你們在『大海學校』都學些什麼呢？」莎莎對大海好奇極了。

「我們學的可多囉，看看誰能將海草留在身上越久，越能得到大家的讚美聲，或是潛到海床，用礁石磨磨背、搔搔癢，好保持身上美麗的線條，游得更快、更遠。天氣好的時候，大家還會相約一起到海上去衝浪冒險呢！」說起和夥伴生活往事，老海豚開心得擺了擺尾巴。

老海豚說的上課內容，聽得莎莎好羨慕，可惜無論莎莎願不願意，每隻新來的海豚都得去上人類開的「學校」才行，學些無聊的把戲，才能順利填

飽餓扁扁的肚子。更讓莎莎感到害怕的是，有許多看不懂人類的指示、沒有通過考試的海豚，隔天就不見蹤影！莎莎努力不去想新朋友們到底都去了哪裡，怎麼會一去不回，只得更努力的翻滾、跳躍，好換得一天唯一又不美味的餐點。

起先，莎莎一點不稀罕吃人類丟的魚，活在大海裡的海豚，才不吃不新鮮的魚呢！可是肚子實在餓得受不了，莎莎只好使勁全身力氣，想辦法順利通過考試，人類都直誇她聰明！莎莎只知道，要是她也能將人類關起來，除非學會新把戲，否則不給他們飯吃，人類跟她一樣什麼動作也都會學起來，一點也不稀奇。

後來的日子，莎莎跟著老海豚一起巡迴表演，逐漸習慣人類為她取的新名字、新的動作，即使如此，莎莎還是習慣不了人類尖銳的口哨聲和掌聲，吵雜的聲音每天都震得她暈頭轉向，一整天表演下來又累又餓，身體又不舒服，實在讓莎莎筋疲力盡，每天都好想回大海的家。

為了安撫大家，老海豚耐心教導每一隻新到的小海豚，難過時，想想鯨魚朋友的歌聲，他是海洋裡最美妙的聲樂家，大海所有故事，都被他寫進曲子裡，哼成了歌。想家的時候，想想這位好朋友，心情就會好多了，可是就連老海豚自己也好害怕，每天疲憊、無聊的日子，會不會讓他有一天也忘了鯨魚的歌聲，忘記家是什麼樣子呢？這些話，可千萬不能對小海豚說起，免得讓孩子們陷入無止盡的悲傷。

「妳在做什麼？」這天，老海豚疑惑的看著莎莎躲在角落擠眉弄眼。

「還不是人類小孩啦，總是以為我在微笑，總是跑過來我身邊比YA，我只好想想辦法，讓自己看起來凶一點啊。」

老海豚真是被這孩子逗樂了，煩悶的日子，多虧有了她的樂天個性，增添了不少歡笑聲。

「別忘了，還是有對我們很友善的人類，我們要學習信任他們才行。」

不用老海豚提醒，心思細膩的莎莎也能感覺到，現在教導她的人類，眼裡、心裡總散發著粉紅色的光芒，她的口哨聲要比誰都來的都要悅耳，即使是不用上班的日子，她還是準時出現在海豚眼前，耐心的陪陪他們、說說話，為的就是擔心怕生的小海豚們，不能適應新環境。

「偶爾我也會試著跟人交朋友，可惜……他們常常換工作。」

「什麼是工作？」莎莎困惑的問。

「工作就是挑自己擅長的事情做，還有魚可以吃。」

什麼？那不就是自己過去在大海努力學習做的事嗎？莎莎想起，自己每天跟在媽媽身邊，學習如何用聲納追蹤魚兒，將魚兒圍成一圈後揚起沙塵，趁著魚兒失去方向時，張大嘴巴享用一天美食，原來這些事，用人類的話來講就是工作！

自從知道人類跟自己一樣，都需要學習才能填飽肚子，這讓莎莎更加困惑了。

這麼說，人類是將自己抓來，好完成他們口中所謂的「工作」嗎？小海豚多想告訴人類，如果想把她留在身邊，換來更多的掌聲和魚，那麼也別忘

了，每隻海豚跟他們一樣，有家可以回，有夢想想要追尋。

人類不知道，在大海教室裡，自己還有好多事情還沒學習，再這樣下去，她會跟不上大家的進度，還會錯過一年一度難得的海洋聚會。媽媽曾對她說過，到時，會有三千隻海豚齊聚在一起，所有海豚都在這天和同伴交換擁抱和喜悅，交到一輩子難以忘懷的好朋友耶。而不是像現在一樣，每當莎莎遇見新朋友進來，連向對方打聲招呼都很勉強，難道要對他們說：「嗨，我是莎莎，你也被人類抓來了嗎？」。

寄居蟹家族

海生寄居蟹一族有個傳說，聽說迷糊的人類，總把他們和陸生寄居蟹搞混，硬要把他們抓走當作寵物養，可是住的地方，又布置得像海一樣，不僅有小池子還有沙灘，搞得他們好迷糊，許多適應不良的陸生寄居蟹，就這樣在水池裡溺水，走到了生命的盡頭。

當見多識廣的海鳥先生站在礁石上，和大家分享這則故事的時候，大夥兒都笑到腰都彎了。「哈哈哈，人類怎麼那麼傻，這樣做是要逼死他們嗎？」海鳥先生有些遺憾的點頭說：「是的，人類就是這麼傻。」

陸生寄居蟹有他們的煩惱，海生寄居蟹也是。這幾年，家愈來愈難找，寄居蟹拉拉每天都死心的看著海邊布告欄，希望有好心的同伴願意出讓自己寶貝的舊家，不過族裡有一條不成文的規定，那就是必須大個子的先換殼，才能輪到比較嬌小的同伴找家。偶爾傳來打架爭殼的消息，大家聽聞，都感到一陣痛心。唉，要知道，在過去，換新家是件極其簡單、平凡的事，不像現在大家得為誰先、誰後傷了和氣。

平時也有好心的海鳥先生幫他們留心租屋消息，不過他們找到的都是些手機殼、蛤蜊殼、瓜子殼啦，讓族人沒好氣的說：「雖然我們需要各式各樣的殼當家，但不是名字只要有『殼』就可以啦！」

找不到家的情況之下，大夥兒只好將就點過生活。於是，人們在海邊亂丟的瓶蓋、玻璃瓶、塑膠殼，成為了族人們的臨時住所。頂著鮮豔的飲料瓶蓋，拉拉覺得彆扭極了，不僅一點也不美麗還很顯眼，偶爾會有調皮的孩子，想要撥開看看上頭有沒有寫「再來一罐」。拉拉才不在乎有沒有中獎，她只要一個安全的家，一個能夠讓她安心生下寶寶的所在。

塑膠瓶蓋充其量只是臨時的住所，根本沒有安全感可言，更不要說交配、產卵，生孩子了，拉拉不能讓孩子誕生在連自己都感到畏懼的世界。她悲傷的想，這輩子會不會永遠都像這樣，被人類當成一個笑話看待呢？銀白的月光灑下，拉拉向照映在大海

上的月亮許願，願每個人都能有自己的家；無數的星星凝視著大地，有如檢視許願者的心堅不堅定。

睡夢中，拉拉朦朦朧朧的聽見人類吵雜的腳步聲，她赫然發現，奇怪了，怎麼沙灘上忽然多了這麼多殼啊？它是從哪裡冒出來的呢？起先，大家只敢遠遠的觀望，拉拉第一個鼓起勇氣，走向前去。短短的路上，拉拉的心臟怦怦跳，已經好久沒有像這樣自由自在挑新家，能夠選擇自己的家，真的是好高興的一件事！直到現在，海邊布告欄仍是大家的希望，無數的心仍向月亮繼續央求，每隻寄居蟹都希望能如願找到自己的家。

我是龍

自從龍先生有記憶以來，祂便一個人孤獨的在這片美麗的大海上載浮載沉，一個人守護著波濤海洋。雖然一個人總是孤零零，幸好海上朋友們，都對祂很友善。海鷗先生每天都會從空中向祂打招呼，有時候，還會飛下來，游到祂的身邊，親切問候一句：「龍先生，請問您今天過得好嗎？」偶爾小魚兒，會調皮游到身邊，輕輕啄祂幾下。待人和善的龍先生，總是一一有禮貌的回答大家的問候，畢竟，祂是這片海的大家長！

夏天炙熱的陽光大片灑下，晒得龍先生臉頰直發燙，躲不過大太陽，龍先生乾脆打起盹來，準備好好睡上一場舒服午覺，噓，這可是龍先生一天當中，最享受的時刻哦！

可是……說來奇怪，這幾天海上怎麼一直出現用「保特瓶」做成的瓶中信，還連連撞到祂呢？要知道，海這麼大，能夠撞到彼此，還真的是一件怪事情。再說，這可不是一次、兩次而已，而是每天、每天！這裡也是，那兒也是，看來，整片海洋都成為保特瓶郵筒啦！

眼看下去不是辦法，保特瓶會傷害海洋環境，讓許多動物朋友生病！憂心忡忡的龍先生，連忙拜託海鳥先生幫幫忙，一齊轉開瓶中信，才知道，原是一個喜歡「龍」的小朋友，好奇的寫下對龍許許多多的疑問呀。

「親愛的龍：請問在天上飛，是什麼感覺？如果龍會飛，為什麼在十二生肖的比賽裡，你只得到第五名呢？你，真的存在嗎？還有為什麼在電玩裡，你總是被當作最後一關的邪惡大魔王呢？我真的、真的好想見你一面哦！」

看來……這位小朋友，真的很喜歡龍呢，對這麼忠心的粉絲，不見他一面，總說不過去吧？龍先生左思右想，有了！不如就讓海鳥先生一路銜著祂，一齊拜訪這位小男孩！

兩人依循著信中的地址，辛辛苦苦在海上飛了三天三夜，來到了小男孩所居住的小鎮上。「就是這裡沒錯了！」眼尖的海鳥，振翅飛向有著紅屋頂的屋子。

「噁心！這塊又髒又臭，長滿綠苔的『保麗龍』，是從哪裡來的啊？」沒想到，一看見祂們，小男孩竟然捏著鼻子，大力關上窗戶，龍先生臉上有著掩不住的失落神情。

「原來我不是龍呀？而是人類製造出來的保麗龍？」過去，龍先生總認為自己身為龍一族，集榮耀和自尊於一身，向來最喜愛海洋的祂，萬萬沒有料想到，原來，自己就是造成汙染的凶手。

「我看，我還是到最適合我的地方吧？繼續留在海上，可不是一件好事情！」

聽到龍先生悲傷的開口，體貼的海鳥先生，一句話也不說。再一次辛苦銜著龍先生，來到了環保局大門前。

凝視著環保局三個大字，龍先生渾身打了個冷顫，祂知道，一走進去這扇門，自己將會被機器改造成完全不一樣的模樣，如此一來，祂還能重回自己最愛的大海嗎？

「別忘了，我們永遠都是好朋友呀！」離開前，龍先生耳邊傳來海鳥先生的哀鳴，彷彿替海洋捎來祝福，提醒著祂，沒有人真的能忘得了誰，就算成為再微小的塑膠粒子，也一樣。

經過漫長的處理，龍先生萬萬沒有料想到，自己居然搖身一變，成為了賣場裡，漂亮的塑膠花盆，新主人開心的將祂放在望海的陽臺上，裝點了一家人的好心情。

現在的祂，只要閉上眼睛，就能聽見遠方海浪日日拍打，一切，就像以前一樣。

「您會寂寞嗎？」聽見海鳥的問話，龍先生沒有回答。這些日子以來，安靜守護土壤中的小花苗，花兒早早長大，是祂最期盼的事。

「別忘了，我是龍哦！」打完招呼後，海鳥先生趕忙飛回岩岸，照顧他甫出生的孩子，來不及聽見龍先生的回答。但是，只要你願意仔細一看，他們倆的眼睛裡，有著對未來的無限希望，閃閃發光。

媽祖的微笑

一年到頭，安安家只有在爸爸捕完魚回家，才能全家人快樂團聚。隨著日曆愈來愈接近媽媽所圈起的紅字，安安笑得越是開心，兩邊的酒窩陷的好深，滿心期待在海上工作的爸爸，帶著整船漁獲豐收回家，和媽媽一起慶祝自己十歲生日！

等待爸爸的日子，安安一旦下了課就跑到媽祖廟報到，廟裡每一根龍柱，都是他玩躲貓貓的掩護，對他而言，媽祖廟就是他的遊樂場，能讓他渾然忘記爸爸不在家的孤獨。

這一天，趁著廟公不注意，安安發現一個躲貓貓好去處，那就是供桌底下，掀起布幕偷鑽進去，只要他不說，保證沒有大人知道他躲在這裡！只是這裡除了他以外，早已有了一尊虎爺伯伯的神像供奉在裡頭。見了虎爺伯伯，安安虔誠合掌低頭拜了拜，他曾聽媽媽說過，虎爺伯伯是保護小孩子的神明，心中頓時感到無比親近，依偎在祂身邊，彷彿多了一個可以談心的安靜朋友。

好多個日子過去，愈來愈接近安安生日與爸爸返家的日子，但是安安卻難過的在神桌下哭了起來，安安怎麼哭的那麼傷心？原來昨天夜裡，媽媽輕聲告訴他，最近有個好大的颱風接近臺灣，爸爸回家的日子恐怕要延後。可是，爸爸不是說好要回家幫他過生日嗎？一想到缺席的爸爸，安安忍不住躲在供桌下偷哭，此時，他卻感到頰邊一股溫熱，輕輕舔舐臉龐。

「怎麼會有一隻大老虎在這裡！救命啊！」安安被眼前的大老虎，嚇的連連後退。

「嘿，我們不是天天聊天嗎？怎麼這下子不認得我啦！」虎爺意氣煥發的甩了甩頭，瞇著眼細膩的舔了舔腳掌。

「你、你就是虎爺？」安安清楚聽見自己吞了一聲好大聲的口水。

「如果不是我，還有誰呢？」虎爺眨了眨充滿靈性的大眼睛。

「如果您真的是虎爺，那您平常都在廟裡做些什麼呢？」安安緊張的情緒逐漸紓緩下來，好奇的詢問。

「我啊，負責巡邏媽祖廟，守護媽祖廟安全。千里眼和順風耳兄弟，則負責幫媽祖娘娘巡邏遙遠的海上狀況，大家一起分工，才能幫媽祖娘娘分擔工作，保佑大家啊！」虎爺說到自己的工作，得意的昂起頭來。

「那，虎爺伯伯，您知道爸爸為什麼不能常常回家嗎？」安安始終不懂，為什麼爸爸不能天天上下班回家呢？

「你爸爸的工作看天吃飯，當然不能想回家就回家囉！不過你別擔心，媽祖娘娘都有保佑你爸爸！」話說到這，虎爺打了一個大呵欠，埋著頭打起盹來。但是，即使有虎爺的保證，安安一顆心還是噗通噗通跳的好厲害，媽祖娘娘真的會保佑爸爸平安回來嗎？

隨著颱風逼近，天氣越加惡劣，一向樂觀的媽媽也忍不住滿心擔憂。此時家中更接到一通充滿惡訊的來電。「怎麼好端端的人會翻覆海中？這要我和安安怎麼辦才好！」深夜裡，媽媽捧著話筒不停落淚，慌張的安安在一旁不知道該怎麼辦才好。

「對了！虎爺伯伯不是說過媽祖娘娘會保佑爸爸？我快點去拜託媽祖娘娘！」安安不顧夜幕低垂，連忙跑到媽祖廟，誠心誠意跪在神桌前，學起大人擲杯，但是無論他怎麼嘗試，就是得不到媽祖娘娘聖杯的允許，清脆的擲杯聲在寂靜廟中不斷響起。

千里眼和順風耳無奈的看著對方，沒有媽祖娘娘允許，縱使有多麼廣大神力，他們兄弟倆也不敢輕易動手幫忙。

「媽祖娘娘，怎麼您不讓我們兄弟幫忙呢？」千里眼忍不注請示媽祖娘娘。

「你們別擔心，我自有打算。」媽祖娘娘神情肅穆緩緩開口。

「嗚嗚嗚，怎麼媽祖娘娘都不幫我，我要找爸爸！」心急的安安在空蕩的廟庭中嚎啕大哭。

「嘿，走吧！我帶你出外神遊！我們到海上找你爸爸吧！」虎爺輕巧出現在安安身邊。

「這是真的嗎？」安安睜大著眼，難以置信盯著虎爺。

「當然是真的！我們快走吧！趕在明日開廟門前回來！」虎爺背著安安，悄悄推開廟門，在星空下，乘著晚風呼嘯而過。

安安在虎爺伯伯背上俯瞰夜景，這一片黑漆漆的海就是爸爸工作的地方。

「安安，你手上有沒有爸爸的東西，讓我聞聞！」安安掏出脖上的護身符，虎爺嗅了嗅，背著安安往風雨更大的海中央奔去。

「虎爺伯伯，那裡有人！」眼尖的安安發現昏迷的爸爸在海面上載浮載沉，想要伸出手救爸爸，一個失衡，眼看就要摔落一片汪洋之中！

「呼，還好我們兄弟倆來的快！」順風耳以一片祥雲安穩托著安安身軀。

「我要去救爸爸。」安安焦急的舞動四肢。

「別急，你看那裡。」安安驚奇的發現，海上有一群白海豚正簇擁著爸爸，以鼻端輕輕碰觸，試著將陷入昏迷的爸爸推往鄰近漁船。

「是白海豚救了爸爸！」千里眼和順風耳兩人相視而笑，原來媽祖不是不要他們兄弟倆幫忙，而是早已請白海豚救援了呢！看著漁民將爸爸打撈上船，安安總算放下滿腹擔心，疲倦的打起呵欠，在虎爺背上悄悄走入夢鄉。

隔天一早，正當安安懷疑昨夜是不是只是一場夢，聽見了媽媽急切的呼喚，急忙跳下床。

「安安，爸爸獲救了！」媽媽緊緊擁抱安安，他貼心的拭去媽媽臉上晶瑩淚水。

「媽媽，我夢見是白色的海豚救了爸爸喔！」睡眼惺忪的安安開心的和媽媽描述昨夜所發生的一切。

「這樣啊，安安好幸運夢到了白海豚，白海豚又叫做媽祖魚，是非常幸運的象徵喔，這次爸爸能平安獲救，真的是媽祖保佑。」聽見媽媽的細語喃喃，安安想起白海豚拱起的背，彷彿就像媽祖娘娘嘴角的微笑，那麼溫柔。

鯨鯊，鯨鯊，你要去哪裡？

這幾個晚上以來，小安沒有告訴媽媽，自己時常夢見自己在大海裡飛翔，大張著手臂，海洋從頭頂透出了光芒。不會游泳的他，夢醒之後，手臂好像還記得水波流動的方向，感覺到自己正在飛翔。

這天是學期裡的最後一天，放學後，木麻黃上的蟬聲，一棵樹緊接一棵四起，嘰—嘰—聲，聽在小安耳裡好刺耳，這些蟬兒怎麼會這麼吵！真讓人受不了！

摀著耳朵，小安奔跑在回家的路上。明明背

上的書包，是這學期以來最輕的時候，但是……小安卻覺得今天的書包好重、好重，重到都快背不動了；從學校回家的路雖然不長，卻被小安緩慢的腳步，走得好遠、好長。

如果可以的話，他真不想回家，不想要回一個會把他送走的家。

小安會那麼抗拒回家不是沒有道理，每年只要到了暑假，小安就得大包小包回屏東阿公家，小安不只一次想要和媽媽抗議：「我已經長大了！可以一個人在家！」

但是睡覺前，媽媽總是溫柔摸著他的額頭。於是小安的憤怒，被他收進心中小小的盒子裡。

坐長途火車，總讓小安覺得屁股快要裂開啦！可是，只有這時候的媽媽，能夠輕鬆遠望著窗外風景，好像窗外所有的一切，都能抓住她的目光和注意。小安真喜歡看見這樣放鬆的媽媽，而且說實在話，回阿公家，其實沒有什麼不好的啦……

只是小安特別討厭被丟下的感覺。

想到這，小安又鼓起了兩邊臉頰。

「小安，阿公、阿媽很想你呀，大海也是。」像是讀懂了小安臉上的表情，媽媽這樣對小安說。

大海也是？聽到這句話時小安疑惑的抬頭看著媽媽，海，也會想念人嗎？媽媽是不是坐火車坐迷糊了啊？

唉，無論大海想不想自己，這個暑假都要在阿公家度過了。

火車才剛抵達車站，小安老早就看見阿公、阿媽，熱情的朝他和媽媽大力揮舞著手。阿媽三步併作兩步，顧不著阿公在旁氣喘吁吁，急急迎向他們。

他在心中嘆了一聲，只有自己才聽得見的氣音，那麼輕，那麼小心，但還是不小心被媽媽發現了。

媽媽一句話也沒有責怪他，只是輕輕的握了握自己的手，小安懂了媽媽的安慰。

回到阿公家為他準備的房間，小安趴在竹席

上，側耳聽著媽媽和阿公、阿媽客廳聊天的聲音。他知道，媽媽馬上就要走了，公司不准媽媽請太長的假。

但小安倔強的認為，只要沒有好好說再見，就不算是真正的離開。就像每天晚上，媽媽沒有打開房門，跟他說聲晚安，小安就不會真正的閉上眼睛睡覺，如果媽媽忘了，他就會到隔壁敲敲房門，提醒她。

為了趕緊忘記心中難受的感覺，小安數著剛剛在火車上記得的站名，催促自己快快入睡。閉上眼睛，小安感覺到淚水正細細柔柔的爬過臉龐，搔得他的臉癢癢的，讓人有點想笑，唉，想當個勇敢的男孩子，怎麼那麼難啊？

待在媽媽小時候的房間裡，微風溫柔的吹了進來，弄響了掛在窗簷下的風鈴，陽光照在他身上，好像蓋了一層暖暖的棉被。小安打了一個大呵欠，還是在阿公家睡午覺最舒服了……。

看著孫子醒來後的第一件事不是問媽媽去哪裡，而是踮起腳尖翻著客廳牆上的日曆，兩個老人家無奈對望。什麼時候開始，以前那個愛笑的孫子，每年回老家卻失去笑容呢？

以前小安知道媽媽要離開，不免大哭、大鬧，不過總過幾天就好了，現在小安不哭不鬧的反而令人更加憂心。

「小安啊，不然這樣，阿媽帶你出去繞繞，好唔？聽附近囝仔講，海生館真好玩咧。」阿媽從藤椅上站起身來問著小安。

「要去你們祖孫去，我整天都在海上看魚游來游去，還專程去海生館？浪費錢。」

身為漁夫的阿公擺了擺手，他活到這個歲數了

還真不懂，水族箱裡的魚有什麼好看的，要看魚，就要到海上去，到海上，才能看到魚怎麼游，才能看見海是什麼顏色。

「三八，又沒有人問你，恬恬好否？」阿媽沒好氣的回了阿公一句，沒有回阿媽話，阿公逕自往庭院走去，吃力的踩著野狼摩托車的引擎。

「你要去叨位？我帶小安去海生館，你留在家顧厝。」阿媽急急喊著。

「乖孫走吧，我帶你去見見我的老朋友！」小安看著阿媽，又看看阿公，忐忑的小跑步跟上阿公的腳步，只是現在的他，實在沒什麼心情去看阿公的老朋友。

不管了！小安戴上有點大的安全帽，每一次經過馬路上窟窿，都震得他的頭愈來愈痛。沒想到，沒多久海生館幾個大字在眼前，咦？阿公不是剛剛

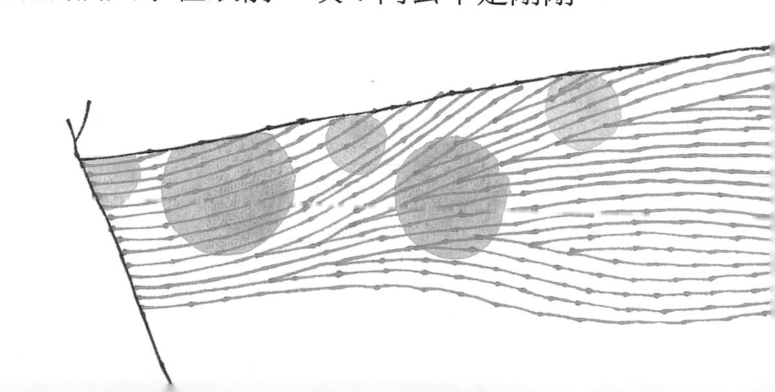

才說不要去海生館嗎？怎麼帶他來這裡？還有阿公的老朋友呢？

「小姐，兒童票，一張！」售票亭內傳來阿公洪亮聲音。

「小安，我的老朋友就在海生館裡，你一個人進去找他，我四點來接你。」阿公指了指手上金表和小安手上的電子表，轉身就要離開。

「可是阿公，你還沒有跟我說，你的朋友長得怎麼樣啊！要是我在裡面找不到怎麼辦啦？海生館這麼大！阿公！」小安緊捏著門票大喊著。

「安啦，安啦。」無奈的小安，望著阿公瀟灑離開的背影，嘆了口氣後，只好跟著人群前進，還好現在是暑假到處都是人。小安聽見前方傳來驚呼聲，趕緊鑽上前去，抬頭望見一隻大魚正在飛翔。

「哇！」小安睜大著眼，大魚身旁緊貼著小

魚，兩隻魚在水裡一同飛翔。大魚身上有著漂亮的白色斑點，小安的目光緊緊跟隨著大魚每一次的轉身。大魚不斷的迴圈，一圈、兩圈、三圈、四圈……

小安從一開始的雀躍，到看見大魚迴轉第五圈時，不知道為什麼，心裡頭悶悶的好難受。

「鯨鯊……」小安跟隨著指示默念出聲，他覺得好奇怪鯨鯊？到底是鯊魚還是鯨魚啊？

「小朋友，你一個人來海生館嗎？」突如其來的詢問讓小安嚇了一大跳。

「我、我阿公在外面等我。」小安緊張的嚥了口口水，害怕導覽員姊姊將他趕走。

「這樣啊，這隻鯨鯊叫做家家，當初，家家不小心闖進漁網被附近漁夫通報後，才送到我們這裡照顧。」導覽員抬頭望著鯨鯊迴圈的身影說。

「家家牠……不想要回家嗎？」小安問。

「而且妳看！家家牠的尾巴都出現了傷口耶，牠每天在小小的玻璃裡打轉一定很痛苦，很想回家」像是怕導覽員沒看見似的，小安拉著她的手，兩人跟著家家游泳的速度前進。

「可是在這裡，我們會好好照顧牠呀，三點鐘快到了，等一下就可以看見家家吃飯的樣子了囉。」導覽員點點小安的手表，要他再耐心等等，三點的餵食秀就要到了。

小安決定哪裡也不去，安靜站在水族箱前，因為家家在說話，說牠想回家，他聽得見。

等到小安回過神來，時間早已經超過四點，「糟糕，阿公一定等得不耐煩了！」

急忙跑出海生館，只看見阿公一言不發坐在老摩托車上，小安怯生生的抬頭看著阿公，深怕看見阿公不耐煩的眼神。

「小安，好玩唔？」阿公問。

「嗯……」

「你有看到阿公的老朋友唔？」

「啊！我只顧著看家家，忘記找阿公的朋友。」小安壓根忘了這件事，驚慌失措起來。

「不要緊，不要緊，你玩得愉快最重要。」小安坐在阿公的老野狼後，心裡頭藏著許多疑問，但最讓他掛心的還是水族箱裡的家家，太陽下山了，牠會不會停止繞圈休息一下呢？

「您的電話將轉接至語音信箱，嘟聲後開始計費，如不留言請掛斷……」，小安半邊的臉頰緊貼著話筒。媽媽因為工作的關係，不能時常接電話，想念她的時候，只能像這樣，用錄音的方式讓媽媽聽見自己的思念。

小安記得媽媽曾說過，借住在阿公家長話要短說，不要浪費電話錢，於是，他快速對著話筒說了一句：「媽媽，我今天看到家家了！」

那天晚上，小安始終念念不忘家家游泳的樣

子，家家不斷在他的腦海中反覆出現，從左邊游到右邊，又從右耳穿過了後腦勺。

他躺在竹蓆上，大張著手臂彷彿正在划水。想念家家讓小安感覺前些日子的夢境又回來了，大海，讓不會游泳的小安感到既熟悉又陌生。

對了！還沒跟阿公、阿媽說晚安呢！進入夢鄉前，小安忽然想起了這個每天必做的儀式，急忙跳下床。

「阿公、阿媽晚安。」阿媽扭開了床頭燈，看清楚原來是孫子道晚安後欣慰的笑了，阿公老早睡著了，關門前還聽得見阿公的打呼聲呢。

「媽媽晚安、家家晚安、阿公阿媽晚安。」關掉電燈後，小安漸漸覺得在阿公家的日子不像想像中那麼孤單。

「阿公，我們什麼時候再去海生館？還有你說的老朋友，到底是誰呀？」這天一大早，小安在阿公身邊跟前跟後，忙碌的阿媽在庭院裡晒著魚網，一面瞅了丈夫一眼，丈夫又胡亂說些什麼了？到底是哪個老朋友，怎麼連她都不知道？

阿公答應小安，他願意每週帶小安上一趟海生館，不過……得有個前提條件才行，就是他這孫子，得乖乖跟他出海捕魚一次才行！

「什麼？我不要！我又不會游泳，掉進海裡怎麼辦？」小安打死都不答應阿公這個要求！旱鴨子的他就連學校的游泳池都不敢下去了，何況大海那麼深耶。

「唉，別人若是知道，我的孫子連上船都不敢，我怎麼擔當得起漁夫這個名？」

阿公喝了一口茶，搖搖手中竹扇，沉思了一會。

「再說……要不是阿公當年救了家家一命，你怎麼看得到我這位老朋友？」阿公放下茶杯，眼神望向遠方。

「什麼？阿公你說的是真的嗎？」小安驚訝的問，難不成阿公嘴裡常掛念的老朋友就是家家？看見乖孫聰明伶俐的模樣，阿公開心地瞇起雙眼，眼

角的魚尾紋，像是湖水裡散開的好看漣漪。

「嘿啊，家家是我十年的老朋友。」阿公回想那年出海，他看見了被人拋棄的定置網，纏住了一頭身上布滿白色斑點的憨鯊，也就是鯨鯊。會說牠憨，不是沒有道理，因為牠實在不怕人，許多漁夫看到牠都會想著要抓來賣。

眼前這隻被網子纏身的憨鯊，身體不過兩公尺，恐怕才出生一、兩年吧？

「你別驚，阮不抓你」當阿公聽見自己說出這樣的話時，自己都被自己嚇了一跳，天底下哪有漁夫不抓魚的道理？

恐怕是受到女兒影響吧。長年在外地辛苦工作的女兒，這次回到娘家待產，時常帶著便當一個人挺著大肚子站在海邊，只怕爸爸餓著肚子。有時出海即使半天下來，漁獲少的可憐，但看見海風將女兒一頭長髮吹亂的模樣，心裡就感到一絲安慰。

「妳來幹麼？」嘴硬心軟的他，明明心內歡喜女兒返家，卻又擔心的不得了，還記得當年老婆懷孕時，光聞到海風就反胃，女兒怎麼受得了吹海風？

「我想要讓我的孩子，從小就聽海聲長大啊，因為我們是靠海養大的孩子。」

想起女兒的笑容，讓他對眼前這條大憨鯊感到不忍。況且老一輩的漁夫們常說，如果看到大憨鯊的出現，要開心，因為這表示附近有豐富魚群。阿公望著憨鯊，牠的出現，就像這片海的祝福，也軟化了他的心，讓他放棄吃牠的打算，趕緊通報海巡署前來救援。

「你都不知道，當初這條大憨鯊還小小隻的，十年來，被海生館養的那——麼大一隻，實在驚

人。」小安入迷的聽著阿公說起這段往事，想起了每年生日，和媽媽一起吹蠟燭的光景，家家也有爸爸、媽媽嗎？牠們會想念牠嗎？

「好！我答應阿公一起出海！」聽見孫子堅決的聲音，阿公有些訝異的抬起頭。

「好、好，這才是我的乖孫！」

撲鼻的海風有股鹹鹹的味道，小安不安的扶著繩索上船，謹慎的模樣惹得阿公呵呵笑。等到小安搖搖晃晃站在船上後，才發現，原來大海不是只有藍而已，而是有深有淺不同的顏色。

「原來，這就是家家的家啊……。」小安想起了媽媽曾說過，大海也會想念人，但是……從來沒看過海的自己，也會被大海想念嗎？

阿公攏了攏小安的肩膀，鼓勵他克服心底的恐懼，眼前這片海就是小安初次出海最好的禮物。

多看大海一眼，小安就覺得家家的水族箱愈來愈小、愈來愈小，小到快要不能呼吸了。「阿公，家家不能回大海嗎？」

「說到這，最近海生館的人正好和阿公商量，要一起把大憨鯊重新放回大海。」

「真的嗎？太好了。」聽到這小安的眼睛頓時亮了起來。

「憨孫，這可不是一件簡單的代誌……」阿公的臉上，難得露出淡淡擔憂神情。

「一隻鯨鯊最長可以長到二十公尺，抓到大憨鯊那年，伊還不過二公尺長，但現在，就算派一整個貨櫃車來，我都不敢保證，能夠安全送家家回大海。」

「再說，離開大海十年的家家，能夠學會找食物，重新在這片大海活下去嗎？」當阿公正要開口繼續講下去時，看見孫子安靜望著大海，一雙出神的眼睛和女兒極為相似。

聽見阿公的話，小安想起來那天的夢，在夢裡，明明在海裡，他卻上氣不接下氣奔跑著，家家就游在前頭，陽光灑在牠身上，散發著雪白色的光芒，夢裡的家家不再受到水族箱的拘束，想往哪游，就往哪游，自由自在有如在海裡飛翔。

雖然阿公的擔心不是沒有道理，但一想到家家終於可以回家，小安就開心的忘了站在船上的恐懼，忽然，他用力的朝無人的大海揮舞雙手，大喊家家的名字，宛如家家正從遙遠的一端，有朝氣的朝他游來。

大地

一代過去，一代又來，大地卻永遠長存。

——聖經

非洲大蝸牛的心事

沒有人知道，為什麼原來特別愛講話、特別愛寫信的嘰哩咕嚕小鎮，號稱「郵票印到來不及貼」的小鎮，大家忽然都不寫信了！

原本甜蜜蜜的情侶、愛吵架的老鄰居、記得寄照片回家的孩子，信箱裡都收不到回音，使得鎮上每個人都神經兮兮認為，對方是不是不在乎自己？

眼看再這樣下去，郵局就要關門大吉啦！局長只好拜託拜託郵差山羊先生，到鎮上發廣告傳單，鼓勵大家多多聯絡感情，才不會辜負「嘰哩咕嚕」

鎮的美名呀。

山羊先生滿臉無奈，沿街塞著傳單，唉，他最喜歡的工作，是朝氣大聲的朝屋子裡喊「有掛號！」，看著人們興高采烈出來收信，像是收到了對方珍重情感，那才是他身為郵差，最快樂的事，哪裡是像現在這樣，平白給大家增加垃圾呢？

想到這，山羊先生更大力將傳單的塞進信箱裡。

「小心！有地震！」這句話把山羊嚇了一大跳，怎麼有聲音從信箱跑出來？

為了看看來者何人，山羊把鼻子貼在冰涼信箱上，發現，裡頭居然有著非洲大蝸牛一家人！

「咳，你們好，我是郵差山羊，請問你們怎麼在別人家的信箱裡呢？」山羊掀開蓋子問。「不好意思，我們是上個月才搬來的，還來不及在殼上編門牌號碼呢。」蝸牛媽媽有禮貌的回答。

「不、不，我是想問，你們住在信箱裡做什麼？該不會……是在吃紙吧！」山羊看見了信箱底的碎紙片，一股怒意升了上來。

「郵差先生您先別生氣，我們會這麼做，是有原因的……以前當我們走在路上，時常有人說我們是『可惡的外來種』，一腳就大力踩死同伴，聽到殼碎掉的聲音，我們的心也碎了一次，孩子們出去，做爸爸、媽媽都不知道他們能不能平安回來……」

聽到爸爸這麼說，小蝸牛們緊緊靠攏媽媽，年紀還小的牠們，還沒有辦法想像死亡是什麼樣子。

「直到我發現，原來人們討厭我們，是因為不喜歡我們吃花、吃草、孩子生太多，造成農民伯伯的困擾，可是肚子好餓，沒辦法啊！怎麼有人能

不吃飯、不生孩子呢？我們也不知道該怎麼辦才好呀，還好雜食性的我們，有著無比好胃口，為了大家好，只好試著什麼都吃吃看，才發現，咦？紙也很好吃耶！」。

聽到這，山羊先生同情的點點頭，的確，大家都不喜歡餓肚子，尤其植物纖維相當有嚼勁，相當好吃，山羊先生完全能夠體會這份心情。

「一家人搬到信箱裡的不只有我們，還有朋友搬到郵筒裡……」，「什麼？郵筒！」蝸牛還來不及把話說完，山羊先生連忙踩著腳踏車到郵筒前，一看，不得了了，所有信，都被蝸牛家族吃得碎碎的！這下怎麼辦？最重要的聖誕節就要來了，想到有多少鎮民都收不到遠方家人的祝福，一向冷靜的山羊先生也忍不住嚎啕大哭。

蝸牛爸爸和媽媽，你看我，我看你，知道大家犯了大錯，不應該隨便吃掉別人的祝福，立即召集大家，一齊出發到鎮上道歉！這天，非洲大蝸牛們在路上，排了好長、好長的隊伍，慢慢的，在地上留下一條閃閃發亮的黏液。

蝸牛們挨家挨戶向大家道歉，保證以後不會再吃信，同時他們也向鎮民們宣傳，即將成立鎮上第一間廢紙環保中心，免費幫大家清紙垃圾！很歡迎大家光臨哦！噓，偷偷跟你說，山羊先生有時候送信送累了，也會到環保中心，一起享用下午茶呢。

什麼都賣森林市場

所有小熊都知道，長長冬眠醒來後，第一件事就是到森林市場，這是他們還是小小熊時，熊媽媽在耳邊，再三提醒的大事哦！所以，即使再怎麼昏昏欲睡，小熊們還是記得了媽媽的叮嚀。

「記得走到市場去，才不會餓肚子哦！餵飽自己，才能好好長大。」小時候，小熊總是乖乖等，等媽媽上市場回來，可是今年不一樣，這可是他第一次，自己出發到市場。

可是……市場在哪裡？小熊決定閉上眼睛，讓

風告訴他方向，沒想到，魚的香味居然從森林深處飄了過來，森林底怎麼會有魚？媽媽說的話果然是真的。

小熊用四隻腳在森林裡快速奔跑，忽然看見，眼前有一片魚鱗，在太陽底下閃閃發光。

「貓老闆、貓老闆，請問這些魚多少錢？」小熊氣喘吁吁、目不轉睛盯著魚兒們看，口水都快滴到魚身上啦！沒聽到小熊開口，貓老闆全神貫注舔毛，好像保持整潔，才是他一天當中最重要的事。

「魚好漂亮啊⋯⋯」小熊嚥了一口好大的口水。

「是吧！是吧！我也這麼覺得呢！」聽到小熊這麼說，貓老闆的尾巴開心左右搖擺，這些魚，可都是他今天早上耐著性子到河邊釣的哦！

「請問魚怎麼賣呢？」小熊小聲的問。

「不賣！放著心情好！我賣的是這個啦！」貓老闆神祕的端出盒子，一顆顆漂亮的石頭，像極了她的大眼睛。

「這些石頭，可以幫你把指甲磨得更利，釣魚更順利哦！」

「可是⋯⋯」小熊實在不想錯過眼前大餐，很想叼了魚就跑，可是老闆都這麼說了，他怎麼好意思吃人家辛苦釣的魚呢。走在路上，小熊仰起頭，無聊拋著石頭，肚子還是好餓、好餓，該怎麼辦才好？

就在這個時候，遠遠地，小熊就看見大象先生，悠悠哉哉站在樹蔭底下，腳前放了一箱箱漂亮紅蘋果！更棒的是，地上還擺著「十元」，這下子總算可以買到蘋果了吧！

「大象先生，您好，我要買蘋果！」小熊很有元氣的大聲問候。

「歡迎、歡迎！請先將十塊錢投進紙箱裡」大象開心搧著一雙像地圖的柔軟耳朵，客氣招呼客人。

小熊乖巧投下硬幣，箱子裡發出沉沉聲響，看來，小熊是今天的第一位客人呢！正當他挑中一顆又圓又大的紅蘋果時，大象先生的鼻子，卻快速的把蘋果捲起來，蘋果在鼻子上，像溜滑梯一樣，咻——送進牠的嘴巴裡，看得小熊張大了嘴吧。

「咦？你怎麼把我的蘋果吃掉了！」

「我賣的可是『一次十元，看大象吃蘋果』唷！大家都說看我吃東西，好像很好吃，很快樂耶！你不快樂嗎？」的確大象先生的吃相很豪邁，讓人看了心情很好，只是……小熊委屈的低下頭來，他花掉了最後的十塊錢，這下該怎麼辦才好？

「你想吃蘋果嗎？樹上就有啦！需要我幫你摘嗎？」小熊大力點點頭，要、要，當然要！

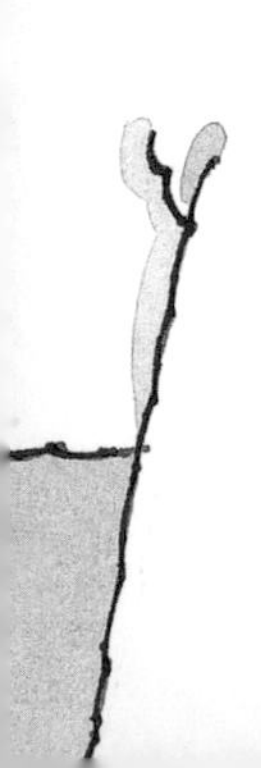

回家的路上，小熊邊啃著紅蘋果邊想，大象先生說的果然沒錯，看他吃東西的時候，好像自己的嘴巴裡，也有滿滿蘋果汁，酸酸甜甜的滋味，比自己吃蘋果還快樂！下次，他還要來森林市場晃晃！除了找美麗的貓老闆一起釣魚外，還要認真想想，自己要賣些什麼才好呢？

龜龜降落傘

烏龜從來不知道自己有懼高症，除非被老鷹攫住殼、提上天的那一刻。劫後餘生的烏龜大多會這麼跟你說：「嚇死我了！嚇到我殼都快要裂開了！」有些烏龜則不敢讓別人知道，他也想飛。路路屬於後者，偷偷懷抱著危險的飛行夢想，想要當一隻會飛的龜。

「什麼時候我才可以跟你一樣，學會飛呢？」這個問題可是難倒了小蝴蝶，她只聽過越長越大的烏龜，可沒聽過哪隻烏龜會在天上飛。

「你那麼想飛，不如讓老鷹抓住你、飛上天！不過……要是你越長越大，就算是再強壯的老鷹，也很有可能抓不動你耶。」好朋友小蝴蝶，悠悠哉哉的飛過，說出了小路路這些日子的擔憂。

的確，要實現這個願望，就得趁自己長得還夠小才行，這讓路路更加著急了，決定大膽背著降落傘，站在空曠草地上，等著眼尖的老鷹發現自己，完成飛翔的夢想。

老鷹發現路路，迅速俯衝而下，緊緊抓著龜殼，這一切的感覺是那麼恐懼和陌生，讓路路只能緊張的縮著四隻腿，腦袋一片空白。

出發前他曾聽歷劫歸來的烏龜們說，接著老鷹會將他們用力摔在地上，直到露出軟軟嫩嫩的肉，想要逃過一劫，就得大膽的往下跳。想到這，路路忍不住渾身打了個哆嗦，顧不著顫抖的四隻腳，勇敢的打開降落傘，迎面而來的是翠綠稻田和遠方的山脈，路路在天空，看見了出生以來從未見過的風景，那是好想、好想和家人說和小蝴蝶分享的美麗。

只是就算路路再怎麼聰明使用降落傘，也不能夠真的就像蝴蝶、小鳥一樣在天空展翅飛翔，他只好無助的撲通一聲，掉在汽車擋風玻璃上，一動也不動的看著車子內，張大著嘴巴的男人。

「咦？天空怎麼會掉下一隻烏龜？啊，我知道了，這一定是老天爺給我的好運氣，神龜，是神龜啊！」路路害怕的縮在龜殼裡，男人一點也感受不到牠有多害怕。

這天起，被男人抱回家中並且奉為神龜的路路，整日無奈的啃著菜葉，這個男人每天準備新鮮的蔬菜和水果，還為他挖了個小湖泊，生活中，吃的、喝的該有的都有；生命裡，家人、朋友該有的都沒有。

每當有客人來訪，主人總是溫柔摸著他的殼，驕傲的向每位客人表示「這是上天送給我，最棒的禮物」。這時候，路路會嘆一聲只有自己聽得見的氣音，他知道自己一點也不吉祥，也不特別，只不過是想學會飛，一隻普通再也普通不過的小烏龜，這個人，怎麼會把別人的大冒險，當作成自己的禮物呀？

想回家的渴望，一天比一天還要強烈，擁有一座小湖泊的路路，沮喪的在湖畔低下頭來，看著被風吹皺的水面，他凝視著湖，此時一群飛鳥正群起飛過，路路的心跳簡直就要漏了一拍，水裡有鳥？

路路仔細再看一眼，整片湖面和湛藍的天空融為一片。鳥的倒影，美麗的穿越了水面。看到眼前曾經嚮往的畫面，路路自由的縱身一躍。烏龜一族都知道，越是擅長游泳的烏龜，越不會濺起水花，不過再也沒有族人，能夠見證他愈來愈棒的泳技，一想到這，在水裡的路路，就要掉下眼淚。

路路想要知道，這個世界上有沒有和他一樣，被人們稱為上天禮物的鳥兒，在小小的空間獨自飛翔時，心裡發出只有風才聽得見的哭聲。

是誰偷走吉吉的橡果？

這一年，對森林裡每位動物朋友們來說，都是相當辛苦的一年。一場大乾旱忽然造訪森林，使得花不盛開、樹不結果，所有動物都傷透腦筋，肚子咕嚕咕嚕的聲音響透雲霄，為了填飽肚子，大夥搬家的搬家，投靠遠方親戚的投靠親戚去。

不過，也有人選擇留下，就像松鼠吉吉一樣。但是，記性不好的他，怎麼樣也想不起來，那些年，他偷偷埋在地上，準備「等一下——」再享用的橡果，到底都跑那兒去啦？

唉唷……他好想念以前被嘴巴裡的橡果，撐得鼓鼓的兩邊臉頰哦！吉吉捧捧自己乾乾的臉……覺得一點都不可愛！

「咦？我明明記得是在這裡呀？」吉吉焦急的在森林裡，走過來又走過去，橡果沒道理會不見呀，還是森林裡有其他小偷……偷偷地，把他最寶貴的緊急糧食給偷走啦？哼！這個可惡的大偷，居然會不顧別人肚子餓，只顧著自己享用大餐！

真是太可惡啦！

想到這裡，委屈的吉吉，忍不住放聲大哭，哎呀，他那嚎啕的大哭聲，惹得平常重聽的松鼠奶奶，都急忙拄著楞杖探出頭來，看看是哪家的孩子受了委屈，一個人在哭泣。

話說呀，住在森林裡的每一個人都知道，松鼠奶奶從少女時候，就是一個特別仔細的女孩子，年輕的時候，總是保持著苗條的身材，在樹林裡活躍的跳躍，採集滿滿橡果，更小心的在樹洞裡，儲存橡果以備不時之需。

所以像現在，遇上大乾旱，松鼠奶奶還是能慷慨大方，烤一個香噴噴的橡果派請餓肚子的大家吃，可是許多動物心目中的無敵大好人呢！

看見松鼠奶奶，吉吉擤了一個好大的鼻涕，向奶奶大聲哭訴，那個可惡小偷，是怎麼樣把他辛辛苦苦埋的橡果，統統都挖走啦！

「哎呀，孩子，你別哭。你看看，來不及挖走的橡果，都變成我們的橡樹了呀！」吉吉擦乾眼淚，往老奶奶指的方向望去，眼前盡是枯黃的大橡樹。

奶奶說的會是真的嗎？這些都是他種下的橡樹？不可能吧？吉吉不敢相信的抬起頭來，短短的脖子，隨著眼前看到的景象轉動著，心裡好感動哦。

但是……耳朵靈敏的他，卻聽見了松鼠奶奶噗哧一笑，松鼠奶奶笑到連眼角都泛出淚光來了，這座森林裡，好久好久沒發生令人開心大笑的事了，吉吉的出現，就帶來了她好想念的笑聲。

「傻孩子，你仔細想想，橡樹怎麼會這麼快就長大、結果呢？這些樹啊，都是你的爺爺、奶奶們，當年和你一樣健忘，忘了吃掉的橡果。你看，雖然橡樹現在好像顯得沒有什麼生氣。 可是，只要我們願意爬上去，蹬一蹬、跳一跳，從腳丫子就能感覺到這棵大樹的生命力。我們松鼠一族呀，就是靠著相信橡樹會再次結果，世世代代住在這座森林裡。」松鼠奶奶好像怕吉吉聽不懂一樣，撩起了圍裙，大力又蹦又跳。

吉吉閉上眼睛想像，眼前的大樹，只要再下一場久違的大雨，就能夠再次恢復熱鬧生機！

想著想著，吉吉的心跳聲逐漸加快了，聽得見風的呼嘯聲，鳥兒唱出的每一個音符，都令他在工作時更快樂的奔跑、跳躍。和松鼠奶奶一樣，吉吉也聽見了，內心最懷念的聲音，那是森林發出的聲音。

雖然……就連老奶奶也不知道，這場旱季，將會在什麼時候會結束，但吉吉知道，森林裡沒有壞心的小偷，好久以後，他將有一棵棵好大好大，自己種下的橡樹，會帶某一個不知道名字的小孩，抬起頭來的讚嘆，現在的他要願意耐心等待，要祝福遠方雲朵，趕緊飄來，捎來雨落的好消息。

蒂蒂今天不下蛋

母雞蒂蒂從來都不知道，轉身之後的風景，在籠子裡不斷生蛋，總覺得自己太長的指甲，採在籠子上好痛；一直下蛋身體也好痛；好朋友因為不開心而故意啄牠洩氣，日子就在好痛，跟不怎麼痛之間過去。

不過呀，就算日子再怎麼難熬，蒂蒂總在心裡頭，大聲唱歌，把窗外的風聲、水桶裡水滴落下的滴答聲，編成一首首好聽的曲子。別看她這樣，天性格外樂觀的她，非常擅長在生活裡尋找樂子哦！

她最喜歡當朋友們的開心果，大家都說啊，如果19區沒有蒂蒂的話，大家早就發瘋囉！

這天，19區裡，瀰漫著詭異的氣氛，當夜幕降臨時，工人們忽然走進了19區，粗魯的把大家抓進籠子裡。嘴裡不斷說著「這些雞要淘汰了……」聽得大家好緊張，什麼是淘汰？

蒂蒂也被粗魯的抓住翅膀，塞進一個更小的籠子裡，不知道是幸運還是不幸，忽然噗咚一聲，蒂蒂昏頭轉向的從籠子裡滾下來，大卡車噗噗——頭也不回，消失在路的另一端。

天生有夜盲症的蒂蒂，一隻雞呆坐在原地，嚇得一動也不動，這下該怎麼辦才好？她最好的朋友們，都不知道被送到哪裡去了，自己該回到哪裡去？月光落在蒂蒂身上，沒有人能告訴她任何答案。

天就要亮了，怕黑的蒂蒂，乘著淡薄日光，打起精神來，大力抖了抖翅膀，下定決心，要跟隨著遠方大公雞的啼叫聲音走去！她相信，自己一定在那裡能遇到同伴！

不過當變形的長指甲，踩在柏油路上時，好痛啊！即使是19區最樂觀的蒂蒂，都忍不住思考這個嚴肅的問題——「為什麼我要被生下來呢？」滿腦子想這個問題，蒂蒂終於趕在天黑前，來到了大公雞的家。

蹲在紅磚牆上，蒂蒂目不轉睛看著眼前這戶人家，養了一家子雞，看得她好羨慕哦！大公雞頂著帥氣紅冠巡視家園，小雞們就在雞媽媽不遠處玩耍。這還是蒂蒂第一次，看到19區朋友們以外的同伴呢！

說來慚愧，蒂蒂總覺得在他們身上，自己好像重新學習如何當一隻雞。

只是……要怎麼樣才讓人們也願意收留她呢？想了又想，聰明蒂蒂，終於想了一個好方法！她又開始勤勞的下蛋了，這是貧窮的她，所能想到，最大的禮物。

從這天起，蒂蒂總忙碌地在村子裡趕路，這兒跑跑、那邊跳跳，村裡的人們，開始好奇這隻「流浪雞」打從哪裡來？有時在陽臺上，甚至在信箱裡都能發現這隻母雞送的蛋。

連送了一個月，蒂蒂好累好累，她決定，今天不下蛋。

連著幾天沒看到她，村民們擔心起來，手裡搖著竹扇，難得皺起眉來討論一隻流浪母雞的下落。

當蒂蒂被村民發現時，她病懨懨的躺在乾稻草堆上，村民們連忙送往隔壁鎮獸醫家。獸醫師仔仔細細檢查了一遍，清了清喉嚨說：「咳，為了這隻母雞好，我勸大家，最好不要再逼她下蛋了！」村民們聽完後脹紅臉，說來慚愧，這幾天，他們還在期待母雞快來家裡下蛋，趕緊來送禮物呢！

為了好好謝謝蒂蒂，村民們蓋了一間「流浪小舍」裡頭鋪上乾爽稻草，輪流放上新鮮的食物和乾淨的水，經過了好長一段時間休養，現在的蒂蒂，又恢復了原有的活力，全身羽毛甚至比以前還要發亮！

在不下蛋的日子裡，她和新朋友們，學習一隻雞應該有的樂趣，玩沙、找蟲去，而在下蛋的日子裡，蒂蒂在心裡，懷著一個小小的夢。怕黑的夜，牠想著19區的朋友們，在聽見她的笑話後，如何一齊呵呵笑，她決定要用笑聲，當作孩子們的搖籃曲。

大街

凡是金子未必都閃光，流浪的人未必都迷茫；
老而彌堅者不會凋零，深根不會為霜所觸及。

——《魔戒》J·R·R·托爾金

月光迴力鏢

夜晚一直很安靜，這是真的嗎？

直到狗兒圓圓住院，少了牠的打呼聲作伴，緯緯才發現，原來鬧鐘的秒針，可以那麼響亮，吵得他整晚睡不著覺。

這個時候的圓圓，在做些什麼呢？膽小的牠，真的可以乖乖待在動物醫院嗎？

會不會害怕得睡不著覺？緯緯好為受傷的圓圓擔心，慢慢的，他感覺到，夜晚愈來愈可怕，路燈透過窗簾照進房間裡的光，像魔鬼伸出一隻長長的手，就要抓住他！

「丟～丟～丟～」這時候，外頭有隻不知名的鳥兒，清亮的叫著，這隻小鳥的聲音好特別喔！緯緯閉著眼睛心想，小鳥的聲音忽遠又忽近，緯緯心想，就和圓圓平時在玩的迴力鏢一樣耶，迴力鏢無論拋的有多遠，圓圓總會負責任的叼回來，滿臉神氣。

緯緯側著身體，專心聆聽窗外陌生聲音。

是什麼鳥呢？怎麼叫聲那麼大聲？難道爸爸和媽媽都沒聽見嗎？「牠」一定有雙大大的翅膀，才能飛得那麼久，叫個不停，有尖尖的嘴巴，聲音才可以那麼響亮。不過……「牠」也很有可能很小、很小，小到讓人不容易發現，才能在月光下整夜聒噪不停，要是在許老師班上講話，這隻小鳥早就被罰站啦！

在一個又一個，沒有圓圓作伴的夜裡，小鳥的叫聲從來沒停過。他張大耳朵聽著，聽見樓下趴達趴達的拖鞋聲，爸爸的腳步沉重，媽媽的又快又輕。

有時爺爺忘記關掉了收音機，廚房裡傳來熱鬧說話聲音，好像晚餐才正要開始。偶爾，巷子裡不知道是那隻調皮小貓、小狗，撞倒了桶子，哎呀！丁鈴噹啷又鏗鏘。

自從有了鳥兒作伴，緯緯一點都不怕黑夜來臨。

「晚安，小鳥。」緯緯悄悄聲地，向窗外的小鳥道聲晚安，同時在心裡許願，希望圓圓能早一點健康從醫院回來，他好想跟過去一樣，每天起床，都能說：「早安，圓圓。」。

這一天，班上同學猛打呵欠，呵欠從第一排打到第三排，整座教室，有如在海浪上緩緩地，規律的左右搖擺。

「啊、啊，好睏喔」當這股呵欠海浪，輪到緯緯身上時，他的手，簡直來不及遮住嘴巴！在許老師的數學課上，打出了一個又長又響的大呵欠。

來不及了！淚水從眼眶裡流出來，嘴巴裡，好像長了一片大海洋。海浪，隨著緯緯的嘴巴張得越大，浪花聲音也就越響亮，誇張的呵欠聲，惹得班上同學想笑又不敢笑，就怕講臺上的許老師發現。

不過……大夥兒又想笑、又想憋住呵欠，沒多久每個人的嘴巴裡，都有了海浪的聲音，眼睛裡盡是白白浪花。

「咳，怎麼今天大家上課這麼沒有精神啊？想睡覺的，下課去洗把臉！」

「你聽見了嗎？」

「咦？你也聽見了嗎？」

洗手臺前，同學們七嘴八舌的討論，終於知道大家猛打呵欠的祕密！因為……小鳥的叫聲太大聲啦！大家都說，這隻怪鳥一定有又尖又大的嘴巴，翅膀有張開手臂這麼長！大夥兒張開手臂，在教室裡奔跑飛翔。

緯緯也好想加入討論，不過他實在睏極了，坐在座位上，一閉上眼，一片星空就在他的眼前閃閃發光，熟悉的鳥叫聲乘著月光飛來，小鳥啊小鳥，你到底為什麼晚上不睡覺呢？

「我們來看看這隻怪鳥到底在哪裡，好不好？」班長站在講臺上，手中粉筆唰唰唰的畫出鎮上街道，吵醒了昏昏欲睡的緯緯。

「我家每天晚上都會聽見！」

「班長你怎麼少畫了我家？」

大家的聲音此起彼落，讓臺上班長塗塗又改改，哇！不得了了！這隻鳥兒居然飛遍了整座小鎮耶！真是了不起！

「怎麼啦？」上課鐘聲一響，許老師發現課堂上，昏昏欲睡的孩子，全都打起精神，不只如此，還專心的盯著黑板看！到底是怎麼一回事？

「老師，就是這隻怪鳥，讓大家都睡不著覺！」

「這不是什麼怪鳥，這隻鳥兒，叫做夜鷹。」許老師清清喉嚨，大夥兒比上課聽得更加仔細。

「老師，這隻小鳥好煩，每天吵得我都睡不著覺！」

「可是，小鳥的聲音會讓我覺得很安心耶。」

緯緯覺得同學都說的對，夜鷹的叫聲雖然很大聲，可是夜晚有人陪伴的感覺真的很好，知道自己不是孤零零的，真好。

「為什麼夜鷹晚上要叫，不像其他的鳥在白天唱歌呢？牠們是不是在找同伴啊？」

「因為現在正是繁殖季節，夜鷹需要為生下小寶寶而覓食，努力尋找空中飛的蚊子，地上爬的小蟲，怕吵的同學們，老師教你們一招，下課操場跑個兩圈，保證晚上倒頭就睡啦！那你們知道，夜鷹平時都住在哪裡嗎？」

「老師你這個問題好奇怪喔，小鳥，不是都住在樹上嗎？」哈哈哈，天底下也會有老師不知道的簡單問題！

「那可不一定，不是所有的鳥類都會在樹上築巢哦，像是河堤、屋頂都可以是夜鷹的家，夜鷹身上有保護色，可以假裝自己是根木頭保護自己的安全。有時候，在大草原裡，夜鷹還得假裝自己是一坨牛大便才不會發現！總之，要發現牠的身影，可不是一件簡單的事情。」聽見從許老師口中說出大便兩個字，大家都咯格笑個不停。

「而且……」說到這，許老師停頓了一會兒，賣了個關子。

「聽老一輩說，夜鷹的叫聲可以趕跑惡夢，你們仔細想一想，是不是自從聽見夜鷹之後就很少做惡夢呢？丟～丟～丟～就是要讓大家丟掉可怕的夢，所以說，夜鷹是相當幸運的存在！」許老師這番話聽得大家一愣一愣的，每個人都試著回想最近的夢，根本想不起來做了什麼，不過，記不起來的夢，鐵定不是惡夢！

聽了許老師的話，大夥兒早就等不及想要衝到隔壁教室，大喊這一個天大的祕密——聽夜鷹叫就不會做惡夢耶，簡直酷斃了！

緯緯看著黑板上老師來不及擦掉的小鎮地圖，一臉笑咪咪的托著臉頰，老早就不睏啦。因為媽媽告訴他，今天圓圓終於可以從醫院回家了！他發誓，要帶圓圓散步，走遍這份神祕地圖，一定能找得到月光當中冒險飛翔的牠！

「丟～丟～丟」今晚夜鷹的叫聲，依舊像迴力鏢一樣，在月亮底下，來回發出響亮聲音。

「嘿，圓圓，你聽見了嗎？每天晚上，就是牠陪我睡覺的喔！」緯緯溫柔的摸著腳邊的圓圓，牠抬起頭來，凝視著小主人的眼睛，好奇地轉了轉耳朵，打了個大呵欠。緯緯心想，說不定圓圓能夠健康回家，也是夜鷹帶來的幸運。

「晚安小鳥，晚安圓圓。」緯緯關上燈，所有人，都將跟著夜鷹清澈的叫聲，掉進滿天燦爛星空裡，那裡沒有害怕。

一隻貓有九個名

每天中午，貓媽媽都會抬頭望著藍白交錯的遮雨棚，仔細數著天上有幾個影子，一、二、三、四、五，很好，大家都乖乖待在上面。貓媽媽輕巧的跳上遮雨棚，安心打了一個大哈欠，蜷曲在離孩子不遠的地方打盹，對貓咪來說，午覺怎麼樣都睡不夠呢。

不過從昨天開始，小伍這個孩子就顯得特別無精打采，細心的貓媽媽，老早發現孩子的異狀，她決定放棄睡覺弓起背脊，小心翼翼踩著帆布，繞到孩子左右關心。

「小伍，你怎麼啦，心情不好嗎？」貓媽媽舔了舔前腳，一邊洗著臉，一邊不經意的問。

「還不都是隔壁的黑狗阿雄啦，笑我們家都是九命怪貓！活該在街上流浪。」

小伍氣呼呼向空中揮拳，氣到高舉著尾巴，連毛都炸開了。

聽到孩子這麼說，貓媽媽溫柔的晃晃尾巴，就像人類一根手指那樣，左右輕擺搖晃，「才沒有這回事，我們跟任何動物一樣，都只有一條寶貴的性命。」。

「那為什麼大家都說我們是九命怪貓呢？」小伍不懂，如果不是真的，為什麼大家都亂說話？

「其實是他們聽錯了，是『一隻貓有九個名』，『名』跟『命』聽起來不是很像嗎？所以大

家才搞混了。我們貓族一出生，世界上就有許許多多名字等著我們的到來，長大後，你們會發現，一隻貓咪不只擁有一個名字哦。」

原來是這樣，五隻小貓很快接受了這個說法。

「那你們知道貓咪的名字怎麼來的嗎？」五隻小貓的耳朵，同時尖尖豎起，高喊「不知道！」

「讓我來說給你們聽吧。」貓媽媽難得說起少女時代的故事，那是五隻小貓還沒有生在這個世界上的故事，回憶裡，年輕的貓媽媽，總是花時間在追逐慢慢飛的白斑蝶上，白斑蝶喜歡日日春，貓媽媽圍繞著日日春打轉，所以她的身上常常會沾染些花粉，帶有春天的氣息。在還沒懷上孩子前，貓媽媽輕輕鬆鬆，就能跳上老爺爺家的紅磚牆上，四隻腳優雅的在紅磚牆上交叉步行。

「老爺爺是誰呢？」小伍問，看到貓媽媽瞇起眼睛的時候，他閉緊了嘴巴，乖乖聽故事。一開始當貓媽媽遇見老爺爺時，貓媽媽不敢相信，天底下怎麼會有這麼好的人？願意無條件對動物好，總不忘為她在牆上，放一碗乾淨的水、飼料。

畢竟，過去光是走在路上，都會有人對她潑水、大喊「妳這隻骯髒的貓！」啊。

就這樣，自從和老爺爺當上朋友後，貓媽媽每天吃著老爺爺精心準備的伙食，開心的用頭磨蹭溫暖掌心，感謝他老人家無私的分享。有好幾次，她躺在地上，露出一大片白肚子，好讓老爺爺為她按摩，因為實在太舒服了，讓她發出呼嚕嚕聲，聲音大到就連自己也嚇了一大跳呢。這時候，貓媽媽會趕緊害羞的張望，就怕哪隻貓咪路過取笑，不過……這也沒辦法，誰叫她太喜歡、太喜歡老爺爺了，喜歡到被嘲笑也沒關係。

「那時候，老爺爺總喊我『咪咪』，那就是媽媽從人類身上，得到的第一個名字。」

「咪咪？那不就跟隔壁家養的貓一樣嗎？」小伍感到不解，兩隻貓咪怎麼會是同一個名字？這樣人類不會認錯貓咪嗎？

「不會的，對人類來說，名字只是方便稱呼，最重要的還是那份心意，只要有用心，每隻貓、每個人都長得不一樣。還有，你們還小，還不知道，聽見喜歡你的人，朝著你說話是什麼感覺。其實無論他說什麼，你都會認為那是你獨一無二的名字，而且有了第一個名字以後，我發現，走在路上，人類開始為我取愈來愈多的名字。」

貓媽媽回想起那段時間，因為受到老爺爺的疼愛，那時候走在路上，不再有人開口罵她、用水驅趕她，慢慢的，好幾戶人家都會在門口放飯，親暱的用不同的名字喊她，最高紀錄一天能夠吃上好幾頓晚餐，肚子總是圓滾滾的，真的好滿足喔。

「直到有一天，我跳到屋簷上，看著老爺爺身邊圍著幾個調皮人類小孩，我才覺得，好像有孩子也不錯。我舔著自己的肚子，想像身邊有你們在身邊作伴的樣子，『家人』就是我在心中為你們取的第一個名字。」

聽到這裡，有些小貓覺得好害羞，趕緊轉過臉去，假裝不知道媽媽在說些什麼，有些小貓聽了，心裡暖暖的，原來還沒在媽媽的肚子裡之前，就被期待著降臨到這個世界，這是多幸福的事情。

大家著迷的聽完故事，只有中間心裡頭很不滿意，只因為中間最不喜歡被大家叫做中間了，如果一隻貓真的有九個名字，要到什麼時候，他才能有其他名字呢？

為什麼中間會叫「中間」這個奇怪的名字？原來上有哥哥、姐姐，下有弟弟、妹妹，有太多孩子需要照顧的貓媽媽，總是這樣提醒自己，「中間以前的孩子喝過奶了，以後還沒；中間以後的孩子舔過毛了，以前還沒。」搞得中間從小有時候沒飯吃，有時毛髮又特別整齊，久而久之，再也沒有別的名字更適合他的了。

只是中間怎麼樣也想不到，就在媽媽說完故事幾天過後，他即將迎接第二個名字的到來，那是一個平凡的日子，五隻小貓興高采烈的玩「一、二、三，抓田鼠」遊戲。

如果這個時候，有人類將腳踏車停放在田埂，仔細觀察稻子的搖曳的話，就會發現，有時不是因為風吹動了稻子才搖動，而是一群調皮的小貓咪正在稻田裡玩耍呢。

當時，中間玩得正起勁，壓低了身，繃緊所有神經，準備抓隻大田鼠，忽然被一句話嚇得連鬍鬚都在顫抖。「原來是貓咪啊，我還以為是田鼠，好久沒在田裡看到貓啦，你在幫我抓田鼠嗎？謝謝你啊！」

稻田的主人蹲下身，撥開綠稻，看見了黑白相間的中間，想要伸手摸摸牠，感謝他的努力抓田鼠，卻嚇得中間緊張的往後退，腳下踩出一朵一朵花，跑得無影無蹤。從那天起，中間堅持叫自己「泱泱」。

因為……媽媽曾經說過，當你被人記得的時候，名字，會飛到耳邊告訴你，雖然老農夫沒有真的給他一個名字，但是中間從他口中聽見了「謝謝」這兩個字，那是他第一次，覺得自己被家人以外的人感謝、喜歡。

回到家後，泱泱端坐在歪斜的木箱上，向最親愛的大家宣布這個重要的消息。

四隻小貓有人羨慕的望著泱泱，有些則不以為然，誰曉得平常看起來憨憨、不靈敏的老三，會是第一個找到名字的貓咪呢？

貓媽媽一臉滿意的坐在角落。她心想，看樣子，離別的時間就要來了，是時候讓孩子離開家裡，早點到田裡、街上、樹林裡流浪去，尋找自己的生命意義，找到自己更多名字。

所以這些日子以來，貓媽媽盡責的教會孩子如何爬樹、抓老鼠，教導孩子街上那戶人家特別大方，又有那些人特別不喜歡看到貓。有些人類不喜歡看到貓，就跟我們不喜歡跟狗打交道一樣，沒關係，只要我們不打擾他們，繞過他們家就行了，知道嗎？」五隻小貓一齊「喵」了一聲。

可是就算不打擾人類的生活，一家六口的貓咪一家，對某些人們而言，還是太過顯眼的存在，當貓媽媽一家人出現時，她遇到了比過去更難以面對的狀況，像是住在巷子尾的王太太，總是相信貓咪身上有跳蚤。要是那一天幸運不好，身上發癢，她就會說「都是你們這些貓咪身上的跳蚤害的！」

貓媽媽和孩子們委屈極了，直管對著她喵喵叫表示抗議，不懂貓語的王太太越聽越氣了。

她抓著自己發癢的皮膚，越想越氣憤，直到想起那個的點子，「有了，只要叫人通通把他們抓走，不就好了嗎？」這時候，大家還不知道大難臨頭，只管慵懶的躺在遮雨棚上，繼續睡那睡不完的午覺，忽然，不知道從哪裡出現一群惡狠狠的人類，揮舞大網子想要抓住他們。

「孩子們快點跑啊！」貓媽媽用盡力氣大吼，

但是無論如何哈氣，高大的人類完全不當她一回事。年輕的時候，她也遇過幾次可怕的捕捉，可是現在孩子們還小，根本不是人類的對手。

就連平時鎮定的媽媽都發出怒吼聲，驚嚇的小貓們嚇得四處亂竄，平時跑得特別慢的小伍，最後落入無情大網子裡，他放聲尖叫著，全身顫抖的想「拜託、拜託，請老天爺保佑大家都平安。」

過去小伍從來都不知道，一顆小小的心臟可以一邊害怕，一邊祈禱，也許是老天爺聽見了他的請求，最後全家人只有他被人類帶走，還好只有他。關在籠子裡好久、好久，小伍從偶爾來給他食物吃的人類口中知道，有一組編號取代了他的名字。

小伍有好幾次都想抗議「我不叫105144，我叫小伍！」，可惜，負責照顧大家的人類實在太忙了，根本聽不見小伍的叫聲。好幾個夜晚，悲傷的他都想問貓媽媽「媽媽，妳說過，一隻貓有九個名字，號碼也算是一個名字嗎？那會是我最後的名字嗎？」寂寞的小伍蜷曲著身體，睡在冰冷籠子裡，願全家人今夜來入夢。

「我的孩子現在都在哪裡呢？」貓媽媽孤單走在柏油路上，那一天，為了保護孩子，貓媽媽勇敢迎上捕捉大隊，掩護孩子們逃離現場，自己留下傷及從耳朵到背部，一道永遠提醒她與孩子分離的長長疤痕。

這道嚇人的疤，使她看來不像以前高貴、美麗，這條街上的人們看了牠，不再給她食物和名字。這些人們是否還記得，貓媽媽曾經有過五個活潑、可愛的孩子嗎？所有孩子都不知去向，現在的貓媽媽，任誰喚也不會回頭。雙耳聾了的她，再也聽不見。

再見！小老鼠！

咦？從什麼時候開始，轉角的文具店，居然開始販售黃金鼠？小康起先覺得新奇，放學後在櫥窗外頭目不轉睛看了許久，黃金鼠病懨懨的窩在角落，想到自己如果一整天被關在小小的空間裡，光是下雨天不能出去和朋友玩耍，就讓小康快受不了啦！明明是大熱天，小康卻連連打了個冷顫，好可怕啊！黃

金鼠身體虛弱的樣子，連續好幾天沒有好轉，讓小康決定執行心中計畫！

一進到店內，小康在童書區前磨蹭許久，不知如何向老闆開口，最後鼓起勇氣在櫃臺前踮起腳尖，怯生生的詢問老闆，沒想到，他還沒來得及說話，文具店老闆便親切問：「小朋友，我發現你好幾天專程來我們店裡看這些小老鼠，你想要買黃金鼠啊？是沒有零用錢嗎？」

小康緊張的大力搖搖頭，緊閉著雙眼與拳頭回應：「老闆，我雖然很喜歡小老鼠，牠們也很可愛，但是賣小老鼠是不好的行為！因為、因為⋯⋯這裡不是牠們的家。」小康話說到這裡，漲紅了臉，不知道該怎麼接續。老闆撫著下巴閉上眼睛，安靜了好一陣子，小康怯生生的抬頭，以為自己惹惱了老闆，不知道該如何是好。「小朋友，那我知道你的意思，我答應你，往後不再繼續引進小動物到店裡販售！」小康聽見老闆慷慨大方的允諾，開心得跳起身來！「可是……」聽見老闆，小康的快樂情緒一下子，咻的一下，盪到了谷底。

「可是……小動物可不像一般文具一樣能夠輕易退回，再說就算成功退回，廠商也不見得能給這些小動物好好的照顧，這該怎麼辦才好？」想了好一會兒，老闆和藹的彎下腰，望著小康既緊張又期待的雙眼，「小朋友，能不能請你幫叔叔一個忙，我請你擔任我們店裡的動物親善大使，你說好不好？」聽到這句話，小康眼中閃爍著光芒。從這一天起，小康每天忙得不亦樂乎，每節下課只要鐘聲一響，便跑到圖書館報到，勤勞翻閱飼養寵物相關書籍，希望能整理出對小老鼠們有幫助的飼養訊息，小康的轉變，班上同學看在眼裡都覺得很奇怪，平時最愛玩躲避球的小康，居然捨得短短下課十分鐘到圖書館去，這到底是怎麼啦？

聽到小康擔任動物親善大使，同學們一致認為，小康實在太酷啦！紛紛七嘴八舌的提供意見，花了好大一番工夫，由小康與同學親自繪畫、老闆還特別印製成的精美飼養手冊，要贈送給每位前來領養黃金鼠的小朋友們。

忙了幾個月後，總算將文具店內的小老鼠們送養完畢，老闆也答應店內再不引進動物販售。小康大力擺了擺手向女孩說再見。「嘿，小康，你不會捨不得嗎？」老闆望著女孩背影緩緩開口，小康開朗的搖搖頭。

不過，他沒有告訴老闆，剛才他彷彿聽見盒子裡傳來吱吱兩聲，好像小老鼠輕輕向他們說聲謝謝、謝謝。

國家圖書館出版品預行編目資料

蒂蒂今天不下蛋／洪佳如文；徐建國圖. －初版. --臺北市：幼獅，2017.10
面；　公分. --（故事館；49）
ISBN 978-986-449-087-5（平裝）

859.6　　106014550

・故事館049・

蒂蒂今天不下蛋

作　　者＝洪佳如
繪　　者＝徐建國
出 版 者＝幼獅文化事業股份有限公司
發 行 人＝李鍾桂
總 經 理＝王華金
總 編 輯＝劉淑華
副總編輯＝林碧琪
主　　編＝林泊瑜
編　　輯＝周雅娣
美術編輯＝李祥銘
總 公 司＝10045臺北市重慶南路1段66-1號3樓
電　　話＝(02)2311-2832
傳　　真＝(02)2311-5368
郵政劃撥＝00033368

印　刷＝祥新印刷股份有限公司
定　價＝250元
港　幣＝83元
初　版＝2017.10
書　號＝984218

幼獅樂讀網
http://www.youth.com.tw
e-mail:customer@youth.com.tw
幼獅購物網
http://shopping.youth.com.tw

行政院新聞局核准登記證局版臺業字第0143號